1

A LA ROYNE

REGENTE DE

FRANCE.

ADAME,

M le premier acte de la Tragedie que Satan iouoit en Prouence, a esté descouuert par luy mesme, côtrainct à ce faire par l'expres commandement de Dieu; Lors les plus clairs voyans, tant de l'vne que de l'autre creance, mirent en auât plusieurs belles questions, lesquelles par cy deuant auoient esté aucunement negligées : Les premieres furent des marques qu'on trouue d'ordinaire, & le plus souuent sur les corps des Sorciers: les secondes des ruses & finesses du Diable, & des artifices dont il vse pour oster aux hommes la croyance de la realité du transport des Sorciers, & de la possession qu'il prend des corps des hommes, les dernieres touchent particulierement la reelle possession du corps de Magdaleine de la Palud par grand nombre de Demons. Or parce que la decision d'vne grande partie de telles questions appartient a ceux qui font profession de

A ii

la Medecine. (côme il appert par les rapports que
font tous les iours en semblables occurrèces les Docteurs en Medecine.) i'ay creu ne pouuoir faire du
moins, & estre de mô deuoir d'en mettre mon aduis par escript, tât pour estre par le benefice du Roy
sô premier professeur en Medecine en l'Vniuersité
de Bourbô de ceste ville d'Aix, que pour auoir assisté à la visite iudiciaire des marques de Gaufridy, & de ladicte Magdaleine, dont il est à present
question, mais principalement pour auoir eu depuis peu l'honneur que d'estre retenu au seruice du
Roy vostre cher fils en qualité de l'vn des Medecins ordinaires de S. M. & de son hostel. Ce qui
me rêdra d'autant plus excusable, si comme vostre tres-humble seruiteur domestique ie prens la
hardiesse de vous discourir des merueilles que Dieu
à voulu monstrer en la personne de ceste pauure
fille accompagnees de tant de grandes curiosi-
tez, qu'elles ne semblent point du tout indignes
d'estre descriptes a vne Royne douee de tant de capacité, & de tant de rares & excellentes vertus
comme vostre Majesté. En quoy mô intention n'a
pas esté de resoudre legerement les questions cer-
tainement tres difficiles, ains seulement de donner du subiect aux beaux espritz de la France de
les esplucher de plus pres: de sorte que mon discours
ne peut qu'estre bien exactemêt examiné & qu-
zelle, mesmes puis que i'escris côtre l'opiniô de plu-

ſieurs autheurs, & que i'ay oſé paſſer plus auant
en ceſte beſógne, que beaucoup d'autres de meilleur
eſtoffe que moy: c'eſt pourquoy touſiours me faut-il
chercher du refuge en lieu bien aſſeuré. Le danger,
Madame, rend bien ſouuent les hommes plus cou-
rageux qu'ils ne ſeroiēt, i'aduoüe que c'eſt vn acte
bien audacieux à moy qui ſuis preſque incognu que
d'implorer le ſecours & la faueur d'vne grande
Royne. Mais peſez auſſi, ie vous ſupplie, Madame, que c'eſt l'effect d'vne extreme clemence que
d'eſtre le refuge de ceux qui ſont attaqués pour s'e-
ſtre euertués de bien faire. Voſtre clemēce ſurpaſſe
toutes les autres vertus heroïques que voſtre Maieſté poſſede en ſupreme degré. Elle ne trouuera dóc
eſtrāge s'il luy plaiſt, que ie m'esberge en ceſte dif-
ficile diſpute ſoubs les aiſles Royalles de voſtre in-
comparable douceur, à celle fin qu'eſtant à couuert
ſoube icelles, i'en ſois plus doucement traicté, pour
la crainte qu'on aura de les offēcer, & la permiſſió
de ceſte faueur, m'obligera d'autant plus à l'adue-
nir à m'acquitter de mon deuoir en ma charge, &
de prier Dieu inceſſamment pour la proſperité de
voſtre Maieſté.

Voſtre tres-humble, & tres-obeyſſant
ſubiect, & ſeruiteur,

I. FONTAINE.

PREMIER

DISCOVRS

DES MARQVES DIA-
boliques, qui se trouuent sur les
corps des Sorciers, en diuers endroicts de leur personne.

TOVT aussi tost que Louys Gaufridy,
Prestre beneficié en l'Eglise Parrochi-
alle des Accoules de Marseille fust
mis en preuantion du crime de sorcellerie, bien que les charges qu'il
y auoit contre luy fussent estimees fort grandes,
& peut estre suffisantes pour le conuaincre dudit
crime, ce neantmoins apres qu'il fut traduict, par
authorité de la Cour, dans les prisons de ceste ville d'Aix, ce fut vn commun desir d'vn jchacun, tãt
des Iuges, que de toute autre qualité de personnes
de le faire visiter iudiciairement par les Medecins
& Chirurgiens, pour voir s'il se trouueroit des
marques sur sa personne, telles que les sorciers ont
accoustumé d'auoir. Ce qui fut executé si heureu-
sement (comme il sera plus particulierement des-
duict cy apres) qu'on le trouua marqué en plusieurs endroicts, ou l'on fourroit vne esguille fort

auāt dans la chair, ſans que ce miſerable y euſt aucun ſentimēt, encor q̄ dās l'vne deſdites marques on euſt fait entrer pl' de trois doigts de l'eſguille.

Sur quoy le bruict s'eſpandit incontinant parmy tout le peuple, que c'eſtoit veritablement vn ſorcier, & qu'il ne pouuoit eſtre autre puis qu'il eſtoit marqué.

Ce commun conſentement d'vn chacun, à iuger qu'aſſeurement ce miſerable fuſt ſorcier pour eſtre conuaincu par les marques me meit en peine, quand ie conſiderois d'vn coſté, le peu de cas que font des marques des ſorciers le Daneus, Bodin, & le P. Del Rio en leurs Dæmonomanies, & que d'autre-part, il me ſouuenoit du dire de vulgaire, que la voix du peuple, eſt la voix de Dieu, c'eſt à dire, de la verité, comme ſi elle eſtoit accompagnée de quelque inſpiration diuine, & de quelque addreſſe bien aſſeuree, pour recognoiſtre la verité des crimes, tout de meſme comme elle eſt ſuiuie de tout plain de contentement & de reſiouyſſance, quand on en void venir la punition.

En fin voyant que telles marques eſtoient des accidents du corps humain, dont la contemplatiō appartenoit plus proprement aux Medecins, qu'à beaucoup d'autres de diuerſes profeſſion.

Et ne trouuant qu'aucun en euſt entrepris le traicte *ex profeſſo*, qu'elle exacte recherche que i'é aye ſçeu faire. Ie me reſolus d'en faire vn petit diſcours pour mon inſtruction particuliere, & pour eſmouuoir les beaux eſprits à quelque ſemblable entrepriſe: I'en diray donc librement mon aduis en peu de mots auec la permiſſion de ceux qui en ſçauront plus que moy.

*Que le maling esprit marque tous les sorciers, & que
nul n'est marqué des marques qu'on trouue ordinairement sans son consentement.*

LE maling esprit desireux despuis sa creatiō, de
se rendre semblable à son tres-haut createur,
n'ayant peu executer son dessein detestable & impossible, tache malicieusement de contrefaire les
operations d'iceluy, en quoy il ressemble aux Cin-
ges, qui se rendent ridicules, quand ils s'efforcent
de contrefaire les actions des hommes. Le Dieu
tout puissāt marque ceux qui sont de son troupeau
de ses Sainctes marques & diuines, lesquelles dō-
net la vie eternelle. Le maling esprit marque ceux
qu'il a captiuez de celles de la mort.

Au seziesme chapitre de l'Apocalipse on lict,
que l'Antechrist marquera tous ceux qui croirōt
en luy, de ses marques, qui seront de la beste, ie
pense que ce sera par la persuasion & commandement du Diable son maistre & conducteur.

Ces marques ne sont pas grauees par le Demō
sur les corps des sorciers, pour les recognoistre
seulement, comme font les Capitaines des com-
paignies de cheuaux legers, qui cognoissent ceux
qui sont de leur compagnie, par la couleur des ca-
saques; mais pour contrefaire le createur de toutes choses, pour mōstrer sa superbe, & l'authorité
qu'il a acquise sur les miserables humains qui se
laissent attraper à ses cautelles & ruses pour le tenir en son seruice & subiection, par la recognoissance
des marques de leur maistre. Pour les empescher, en tant qu'il luy est possible, de se desdire
de leurs promesses & sermens de fidelité, pource
qu'en luy faisant bāqueroutte, les marques ne de-
meurent

meurent pas moins touſiours ſur leurs corps, pour
en cas d'accuſation ſeruir de moyen de les perdre
à la moindre deſcouuerte qu'il s'en puiſſe faire.

Par ce moyen il les tient en crainte, & ils n'o-
ſent ſe retirer de ſon obeiſſance, car les marques
ſont les principales cauſes de la perte des ſorciers,
quand ils ſont accuſez, côme on peut voir aux li-
ures de ceux qui ont eſcript des procez & con-
demnations des ſorciers, & particulierement en
l'accuſation & condemnation de Louys Gaufridy,
dont eſt queſtion, qui a eſté trouué marqué par les
Medecins & Chirurgiens, & par autres perſonnes
voire par luy-meſme, en plus de trente endroicts
de ſon corps, & principalemét ſur les reins, auquel
lieu, ſelon le dire du Demon, qui l'auoit auparauant
accuſé, il auoit vne marque de luxure, ſi enorme &
profonde, eſgard au lieu, qu'on y plantoit vne
eſguille iuſques à trois doigts de trauers, ſans ap-
perceuoir aucun ſentiment, ny aucune humeur
que la picqueure rendit.

Il eſt doncques veritable, que le Diable marque
ceux qu'il a enroollez en ſa milice, & de fait pour la
plus part on les treuue marquez bien apparem-
ment.

Apres que les Medecins & Chirurgiens eurent
faict le rapport des marques qu'ils auoient trou-
uees ſur le corps dudit Gaufridy ayát iceluy com-
prins que céſt argument eſtoit fort valable pour
prouuer qu'il eſtoit ſorcier. Il dict que s'il eſtoit
marqué des marques extraordinaires, que ce auoit
eſté faict ſans ſon conſentement. D'où naſquit
vne bien grande queſtion entre les plus doctes de
ceſte Vniuerſité d'Aix, aſçauoir mô ſi le diable peut

grauer les marques des sorciers sur le corps d'vn
hôme qui ne l'est pas sans son consentement. Certes la puissance du diable s'estend bien plus auant
que de marquer les hommes, car tous les corps
sont subiets aux substance spirituelles, pourtant ils
peuuent receuoir des marques d'icelles.

Mais la question doit estre limitee, à sçauoir si
vn tel acte est permis à Satan, sans le consentement de celuy qui reçoit la marque, & sans qu'iceluy soit enroolé au nombre de ses soldats.

Si l'hôme à des ennemis inuisibles qui ont pouuoir sur le corps d'iceluy, en contre change il a aussi des amis inuisibles qui en ont la protectiô, a sçauoir les Anges custodes qui s'opposent aux effors
du diable, pourtant côme vn homme qui a du pou
uoir & du credit, ne permettra iamais que les ar-
moiries de ses ennemis soiët grauees dessus ce que
luy appartient. De mesme Dieu qui est tout puissât
ne permettra iamais que les marques du diable son
ennemy iuré & obstiné soient mises sur vne persô-
ne qui n'est pas à luy, mais à Dieu par le charactere
du Chrestien. Que si Dieu auoit permis qu'vn hôme iuste fut marqué, ce seroit ceux là qu'il marque-
roit principalement pour diffamer la vertu, il seroit
obligé de promesse de les garâtir plustost par quelque voye extraordinaire, pource qu'il est extreme-
mêt ialoux de l'honneur & conseruation des
siens.

Et pour la particularité des marques que Gaufridy auoit sur son corps, il me semble qu'en vn
affaire de si grande consequence, il sembleroit que
Dieu auroit abandonné la protection de son Eglise, s'il permettoit que le diable eut executé vn acte

si defaduantageux au Sacrement de la Confeßion, pouuant par ce moyen accuser & vituperer plusieurs Prestres, pour exterminer la Saincte Confeßion, qui est du tout neceßaire, & Chrestiennement, & politiquement, par les effects admirables qu'elle produit en faisant effacer les pechez, & faire les restitutions, les reconciliations des personnes ennemies, auec l'amádemēt des vices, l'aduancement des vertus, la conuersion & changemēt de vie en mieux & plusieurs autres bōs effects.

Et en cas par supposition, que Dieu l'eust permis, ce seroit pour en tirer vn plus grand bien. Or si cela estoit, ce seroit en l'exercice de quelque vertu, comme il aduint a Iob par les playes, & autres incommoditez qu'il receut de la main de Satan, ou il en arriueroit quelque bié commun, ainsi la vante & l'accusation du iuste Ioseph furent la cause d'vn grand bien, mais les marques insensibles de ceux qui seroyent marquez sans leur consentement ne peuuent seruir a l'exercice d'aucune vertu, & d'icelle ne se peut tirer aucun bien commun.

On dit a que l'homme marqué sans son consentement peut estre puny innocentement & meriter de son martire. Si celuy qui est marqué sans auoir par la patience presté son consentement, est accusé par les seules marques, & puny par ce moyé comme il ne peut autrement. Car on suppose qu'il n'est pas sorcier. Il faut conclurre necessairement que les seules marques sont vne preuuë necessaire de la sorcellerie, & suffisante pour la faire punir, contre ce que plusieurs disent que les marques ne seruent de rien sans les autres

preuues:Dequoy donc feruent les marques à celui
qui les a receües fans y auoir côfenty,puis qu'il n'y
a aucune autre preuue pour le condamner forcier.

D'auantage quand il feroit poffible(ce qui n'eft
pas) que le diable marquat vn homme fans fon
confentement, les marques ne feruiroyent de rien
pour la preuue de la forcellerie , puis qu'il feroit
indifferent deftre marqué , autant ceux qui font
forciers comme ceux qui ne le font pas.

Il ne faudroit doncques point faire d'eftat des
marques : & d'autant plus qu'elles ne feruiroyent
de rien à celuy qui en feroit taché fans fon confentement,ny a Satan qui les auroit faictes pour perdre celuy qui feroit marqué, il ne faudroit doncques que les Iuges fe fuffent amufez à faire rechercher les marques.

Or eft-il que le contraire eft veritable & que
les Iuges les font rechercher curieufement : &
mefmement les Iuges Ecclefiaftiques, comme in-
dices efficaces de la forcellerie, que fi elles n'e-
ftoyent telles, & s'enfuiuroit que l'Eglife pourroit errer au iugement vniuerfel des meurs,ce qui
eft faux.

Dieu ayme fon honneur & celuy des fiens. Or
d'eftre eftimé forcier par les marques feules, ny
autrement, eft le plus grand vitupere qu'on fçau-
roit faire à vn Chreftien,pour les crimes execrables
que la forcellerie traine auec elle, de fodomie,
d'idolatrie maieur, & vn nombre d'autres pechez
abominables.

Il n'eft pas doncques raifonnable qu'aucun foit
marqué fans fon confentement,pourtant, s'il n'y a
point de marques que celles des forciers,il s'enfuit

que les marques sont vn argument necessaire de
la sorcellerie.

Mais on dira que les Iuges ne font perir personne
par les marques, ie respóderay que les autres preuues sont accessoires, car puis que le marqué est necessairement sorcier, il s'ensuit qu'en son accusatió
il y peut auoir d'autres preuues.

La premiere accusatió quád elle ne procede du diable forcé à ce faire côme au fait de Gaufridy, & de
Magdaleine de la Palud ne viétiamais des marques,
mais d'autres choses:neantmonis les marques sont
les preuues les plus asseurees de la sorcellerie, comme immuables, & qui ne sont subiectes au soupçó
de faussefé.Car les effects du Diable ne sont iamais
faux en meschanceté.Doncques les marques extraordinaires insensibles qu'õ trouue ez corps des
hommes,telle que nous descrirons, sont des vrais
arguments de la sorcellerie.

Les autheurs cy dessus citez par le Pere Del
Rio, disent que Satan ne marque pas ceux desquels il se confie,mais cela n'a pas de la vraye sem-
blance pour les raisons desia desduites, & pour-ce
qu'il sçait tresbien que la volonté de l'homme
marche auec sa liberté iusques au tombeau , &
qu'en l'abisme des iugemens de Dieu, on ne peut
estre asseuré ce que l'homme deuiendra , ioinct
que le nombre infiny des misericordes de Dieu
peut retirer les plus asseurez seruiteurs de Satan
d'entre les mains d'iceluy, d'ou s'ésuit que le diable
marque tous les sorciers, pource qu'il a occasion
de se deffier de tous pour les raisons susdites.

Mais ie pense qu'il marque plus secrettement
ceux qu'il recognoist les plus timides, estant asseu-

ré qu'ils n'auront le courage de se desdire de la promesse faicte, & qu'il les affermat par l'opinion qu'ils conçoiuent que les marques secrettes ne serontiamais descouuertes.

Au surplus les sorciers disent qu'il y a des marques interieures & des exterieures, & de celles cy il y en à de secrettes & cachees de telle façõ, qu'il est presque impossible de les cognoistre: mais quãd le diable leur persuade cela il les trompe, comme il est aduenu au fait de Louys Gaufridy.

Car quand les marques exterieures qui estoient en son corps furent descouuertes, & qu'on luy eust signiffié qu'il estoit marqué, il ne le croyoit pas pource que (comme le Diable auoit dict en Magdaleine de la Palud possedee) le Demon auoit promis à Louys de les luy rendre interieures. Et de faict le croyant ainsi il se fist visiter particulierement en la prison par des prisonniers & par des Peres Capucins qui demeuroient nuict & iour auec luy. En fin quand les susdicts luy eurent monstré & faict toucher au doigt les marques qu'il auoit à l'exterieur de son corps, il dict en s'esmerueillant (quoy sont elles exterieurs? que le Diable est trompeur!) comme s'il vouloit dire que le diable l'auoit trompe sur ce fait.

Surquoy ie demanderois volontiers si Satan peut charger les marqes exterieurss en interieures, & s'il les peut effaces? Certes les marques qu'õ trouue ordinairement aux sorciers sont exterieures, quand à leur commencement, & sont interieures, quand à leur continuation vers l'interieurs. De façon qu'en effaçant le commencement qui paroit à l'exterieur, elles seroient faictes interieures.

De plus il ny a point de doubte que s'il peut effacer ce qui est de l'exterieur de la marque, il la pourra du tout effacer, & n'y a point de contredit-te de dire que le Diable peut maquer en l'interieur du corps, comme en l'exterieur.

Mais pour les raisons dessusdictes, il doibt marquer a l'exterieur, & si les autheurs disent que tous les sorciers qui ont esté conuaincus n'estoient pas marquez, cela s'entend visiblement & descouuerte ment, pource qu'on a trouué des marques dessous la langue, dedans les leures, dedans les parties hon-teuses, dessous les paupieres, dedans le nez, dedans le poil de la teste, il en peut faire entre le doigt & l'ongle, ioint qu'il y peut auoir du deffaut en ceux qui les recherchent, tant y a que ie tiens par les raisons cy dessus amenees, que tous les sorciers sont marquez.

Quant à ce que Daneus, Bodin & Godel escriuet selon que le Pere Del Rio en rapporte que cela se faict pour entretenir la superstition des Iuges, & de ceste façon quelquesfois les innocens sont punis iniustement. Certes le diable est plain de tromperies, mais les Iuges ne condamnent pas à mort, s'il ny a dequoy à suffisance: car ils ont tousiours deuat leurs yeux, en ce qui est des crimes que les preuues doiuent estre plus claires que la lumiere du midy, & pour ce que ces autheurs font peu de compte de cognoistre les marques, ils disent qu'il est mal aisé de les distinguer d'vne tache naturelle, d'vn clou, d'vne impetique naturelle, en quoy ils monstrent clairement qu'ils ne sont pas bons Medecins.

Il aduint en poursuiuant le proces de Gaufridy qu'on fit visiter vn Meusnier de Sainct Maximin

nommé Germanon, sur le corps duquel nous treu-
uames en son espaule gauche vne marque large &
noire, laquelle nous picquames auec vne esguille,
il sentit fort bien la picqueure, & nous dict que
c'estoit la figure d'vn foye de porceau, que sa mé-
re auoit eu desir de manger durant qu'elle le
portoit en son ventre.

Pour les autres maladies qui pourroyent auoir
quelques chose de commun auec les marques des
sorciers, la paralisie, & la ladrerie. rendent les parties du corps insensibles, mais si elles sont picquées
elles rendent de l'humeur, les verrües (comme
les corps) sont insensibles & seiches, mais elles sont
esleuees par dessus la surface de la peau, & la marque est pleine, & à fleur d'icelle les croustes de la
gale des dartres, & des autres maladies, de la peau ne
penetrent par dessoubs icelle, auquel lieu on trouue vn sentiment exquis hormis aux ladres.

Pourtant les marques des sorciers sont distin-
guees de toutes sortes de maladies qui ont accoustumé de suruenir ordinairemét au corps humain,
comme nous verrós cy apres en la declaration de
l'essence & natures des marques diaboliques.

Que les marques des sorciers sont des parties mortes.

Quand à l'essence & nature des marques des
sorciers, on les trouue sans aucun sentiment,
& sans humeur quelconque, sans aucune esleua-
tion dessus la peau, mais a fleur d'icelle l'espreuue
faict foy de mondire: car en les picquant profondement plus ou moins auec vne esguille, on n'y
trouue ny sentiment ny humeur, qui sorte de la
picqueure ny enfleure qui la suiue.

D'où

D'où on peut conclurre, que la partie disposee
de ceste façon est morte; car puis que selon Aristote les animaux viuent par les chaleur & humidité
naturelles, & que les marques picquees ne rendent
aucune humeur, il s'enſuit qu'elles ſont ſeiches:
auſſi ſont elles fort dures, & autant mal-aiſees a
percer comme vn cuir bouilly & deſſeiché.

Il ne faut pas douter qu'elles ne ſoyent froides,
puis que la chaleur naturelle ne peut eſtre nourrie
que par vne humeur naturelle, donc la partie, qu'ó
appelle marquee eſt morte.

Là deſſus on faict des oppoſitions. Le diable, ne
peut-il pas à l'inſtant qu'on veut ſonder les ſorciers retirer l'humeur naturelle, & par ce moyen
rendre la partie dure, & garder que d'icelle ne ſor-
te aucune humeur: cela ne ſeroit pas de ſon deuoir,
car de la façon il ſeroit cauſe de la perte des ſiens,
& de la conuerſion d'iceux, comme on void le plus
ſouuent en ceux qui ſont accuſez.

D'auantage, c'eſt vne pure imagination & fan-
taſie, que la partie en laquelle la marque eſt, fuſt
durant le temps qu'on ſonde les ſeruiteurs du diable, priuee de la vie, & quand on ne les ſonde pas
elle fuſt viuante: Il ſeroit beaucoup plus expedient
de faire conformement à ſa ſuperbe, que les marques fuſſent viues durant la preuue, & apres la
preuue, qu'elles deuinſſent mortes, pour gratifier
ſes fauoris: mais ceſt effect depend d'vne vertu in-
finie, ce que le diable ne peut auoir. A l'inſtant
que la partie viuante eſt priuee de l'humeur radi-
cale, & de ſa chaleur naturelle, elle eſt morte : car
l'ame ſe ſepare de la partie en laquelle il n'y a aucun inſtrument & diſpoſition pour entretenir la

vie, lequel entretien, selon les Philosophes & Medecins consiste en l'humeur & chaleur naturelles.

D'auantage, apres que les marques sont piquees, si le diable leur retournoit l'humeur qui les nourrist, elles deuiendroyent enflés & tumefiees : ce qui est faux, par les experiences qu'on en a v eues. Et de faict quand l'esguille fut rompuë en la marque qui estoit en la cuisse de Gaufridy, laquelle luy mesme auoit fichee dedans vne sienne marque pour se sonder : esmeut elle aucune fluxion ny tumeur ? on sçait bien que non. Dont ie conclus, que les marques des sorciers sont des parties mortes, rendues telles par la malice du diable, lequel ne pretend qu'à la mort de nostre ame, & de nostre corps, du tout opposé à son createur.

Mais on dira que selon la doctrine des Medecins, ou le mort tuë le vif, ou le vif chasse le mort, ce que Diogene signifia à ses amis quand ils luy demandoyent, qu'est-ce qu'ils deuoyent faire de son corps apres qu'il seroit trespassé; il leur respondit que son hoste en auroit le soin. Nous respondons à cest argument. Quand la mortification d'vne partie naist d'vne humidité corrompuë, lors le mort tuë le vif qui luy est voisin : mais quand le mort est sec, comme sont les marques des sorciers, la proposition est faulse. Car ce qui aporte la mort à la partie est l'infection: or est-il que l'infection est engendree par la vapeur infecte, le sec ne produit point de vapeur. & pourtât les marques des sorciers ne causent aucune infection aux parties qui les touchent, & par consequent point de mort.

I'ay veu le bras gauch e d'vn ieune garçon de l'isle de Martigue, de la maison des Pichates, lequel porta son bras tout desseiché & mort par faute de nourriture l'espace de plusieurs annees, sans que les parties voisines du bras fussent interessees en leur santé. Concluons doncques que les marques des sorciers sont des parties du corps mortes. Les autres differences de la definition parfaite seront expliquées apres l'entiere declaration des causes d'icelle.

La façon & artifice par lequel le diable faict les marques des sorciers.

EN ce faict le rapport des sorciers est different: quelques vns disent que Satan leur fait les marques auec le fer chaud, & vn certain onguét qu'il applique dessus le corps des sorciers. Les autres rapportent que le Demon marque les sorciers auec le doigt, quand il s'est reuestu d'vn corps humain, ou d'vn aerien. Si c'est auec le feu, necessairemét il s'ensuiuroit qu'en la partie marquée il y auroit vne escarre, mais les sorciers tesmoignent qu'ils n'ōt iamais veu l'escarre dessus les marques.

l'adoüeray plustost la premiere façon que la derniere pour deux raisons. Vne pour donner terreur aux sorciers, & pour mieux imprimer en l'imagination d'iceux, ceste action & marquement, qui est de grande importance pour la croyance qu'il veut tirer des sorciers: l'autre, à celle fin que l'onguét duquel depend l'effect de la mortificatió de la partie, penetre plus aisement & profondement. Il ne faut pas preuuer la possibilité, car il ne manque à Satan qui a la cognoissance de la vertu des medicaments d'en auoir & des plus forts, pour mortifier la partie. Quant à la cicatrice, il est si suffisant operateur, qu'il a le moyen d'appliquer le feu pres du corps sans produire aucune escarre.

C'est doncques la façon par laquelle le diable marque les sorciers, & de là on peut tirer que les marques des sorciers sont des parties mortes du corps d'iceux, faictes par l'artifice du diable pour les fins & pretensions que dessus. A sçauoir pour contrefaire les operations de son createur, pour monstrer sa superbe, & l'authorité qu'il a acquise sur les sorciers pour les retenir en sa subjection, de peur qu'ils ont de n'estre recogneus subiects & vassaux du diable, par le moyen des marques.

Si les marques des sorciers se peuuent effacer ou non.

MEssieurs de la Cour de Parlement d'Aix en Prouence commanderent aux Medecins & Chirurgiens de visiter Magdeleine de la Palud, accusée d'estre du nombre des sorcieres, par le rapport d'vne fille de la compagnie de S. Vrsulle nommée Loyse, qui estoit possedée par charmes. Ladite Magdeleine desia repentie & conuertie comme l'on croid, designa les lieux de ses marques aux Medecins & Chirurgiens : à sçauoir, vne en chasque aduant pied, la troisiesme au costé gauche à l'endroict du cœur, lesquelles on sonda comme l'on a accoustumé, on les trouua seiches, dures, & sans aucun sentiment. Le iour de Pasques prochaines, elle rapporta au Pere qui l'exorcisoit, & à plusieurs autres, qu'elle auoit senty de grandes & extremes douleurs aux lieux où estoyent les marques, qui fut cause qu'elle fut visitée de nouueau par des Medecins & Chirurgiens, & treuua on, que veritablement les marques qu'on auoit au parauant fondees n'y estoient plus, car en y mettant vne esguille comme on auoit faict au parauant, on trouua le lieu de la marque fort mol : & apres l'auoir picquee il sortit du sang vermeil de la picqueure, dont on estima que les marques de sorciere qu'elle auoit, estoyent effacees.

Sur ce fait on esmeut vne grande question pour sçauoir si la faculté d'effacer les marques dependoit de la toute puissance de Dieu, laquelle pour la conuersion de ceste pauure possedee eusse voulu faire vn miracle le iour de Pasques, qui est le iour auquel il ressuscita, en rendant la vie aux parties qui estoyent desia mortes, qui est vn effect lequel ne peut deprendre que de la toute puissance de Dieu.

Mais on opposoit que les miracles que Dieu a faict, & les resurrections particuliers ont esté faictes, non seulement sans douleurs, mais auec tout contentement de ceux qui receuoient ces grands benefices : car Dieu dispose toutes choses doucement & sans violence : mais Magdaleine a confessé qu'elle a senti de grandes douleurs lors qu'on luy effaçoit les marques qu'elle auoit, dont on conclud que cest effect n'estoit pas vn miracle. Ie ne sçay pas du Theologien, aussi n'est-ce pas de mon estat ny de ma vacation, mais ie rapporte ce que i'ay ouy dire à des Docteurs Theologiens.

D'autre part quelques vns disoient que d'effacer les marques estoit vn effect du malin esprit, & le confirmoient par l'authorité des Daneus, Bodin & Godet, esquels cóme rapporte le pere Delrio, en la sect.5. du 5. liure, tiennent que quelques fois

le diable efface les marques des Sorciers: Et la deffus difputoient fi le diable les a effacees, s'il a faict
par le commandement de Dieu, ou comme dépité
de la conuerfion de Magdaleine : car comme les
Seigneurs qui ont des pages & des laquais à leur
feruice, ne permettent pas que les laquais qui les
ont quittez portent leurs mandilles & liurées en
faifant feruice à vn autre : ainfi le diable ne veut
pas permettre que les repentis, & conuertis portêt
fes marques. I'en laiffe ce qui en eft au iugement
de ceux qui peuuent fçauoir & refoudre à qui ap-
partuent, proprement d'effacer de ces marques.
Quant à la poffibilité le diable le peut faire, en ar-
rachant ce qui eft mort de la partie: auffi Magdaleine a fenty de grandes douleurs, car le mort
eftant attaché contre le vif, il ne peut eftre feparé
d'iceluy fans violance & douleurs, & par fon artifice Satan empefche qu'il ne fott aucun fang de la
place où la marque eftoit. Et fi l'on dit qu'il y de-
meura du vuide, nous refpondons que la chair eftât
molle & fpongieufe, fe reunit facilemêt, aydee de
l'artifice du mefme maiftre. Tant y a que la verité
eft telle, que les marques de Magdaleine de la Palud encores ce iourd'huy poffedee, ont efté effacées
& aneanties du tout, comme les Medecins & Chirurgiens ont teftifié par leur rapport,

SECOND DISCOVRS DE

deux fineſſes & ſtratagemes que le diable faiĉt
pour oſter la creãce de la realité du trãſport des
ſorciers au Sabat. Et de la realité de la poſſeſſion qu'il faiĉt des corps des hommes.

DEuant que de debatre ſi Magdaleine de la Palud eſt poſſedee ou non, ie traceray vn petit
diſcours des poſſedez pour eſclaircir d'auantage ce
faiĉt, & remarquer deux ſtratagemes que le diable machine pour celer & couurir la realité du
tranſport des ſorciers au Sabat, & de la realité de
la poſſeſſion qu'il a ſur les hommes, leſquels ont
mis en reſuerie tous les plus beaux eſprits qui ont
eſcript ſur ce ſubiet. Ie ſuppoſe cependant tout ce
que le Pere Thireus a doĉtement eſcript au commencement du liure des poſſedez. Ie prens ſeule-
ment qu'il y a des hommes qui ſont eſtimez poſſedez & ne le ſont qu'en apparence: les autres le ſont
par donation propre de leur perſonne: les troiſieſ-
mes ſont poſſedez par malefices & charmes ſeule-
ment.

Ie ne veux parler que de la premiere façon des
poſſedez, pour ce qu'ẽ cete ſpece eſt couuerte vne
ruſe admirable du malin eſprit: c'eſt l'aſtuce du
diable pour confondre le iugement des hommes,
en ce qui eſt de plus important en tels euenemens.

Pour le premier, le diable ſe meſle auec des maladies, & des humeurs mauuaiſes, ſelon l'opinion
de Lemnius & d'autres Medecins, auec leſquelles
il produit des actions extrauagantes & extraordi-

naires, pour faire que les hommes & principalement les medecins, qui sont les premiers appellez pour en dire leur aduis, iugent telles personnes possedees: & neantmoins, comme dit le mesme autheur, quand elles sont bien medicamentees & gueries, les operations extraordinaires s'abolissent & ne semblent plus possedees. Cela est faict à celle fin que l'on iuge que toutes les actions extraordinaires que l'on voit aux personnes possedees du diable, procedent des humeurs & maladies qui affligent leurs corps, & non pas du diable, dequoy nous disputerons cy apres.

L'autre ruse est, qu'il assoupit quelques vns des sorciers, & en dormāt il represente à leur imagination tout ce qui se fait au Sabat, si viuement, qu'ils croyent apres s'estre esueillez, qu'ils y ont assisté reellement, à celle fin qu'on iuge comme Iean Vuier compagnon & escholier d'Agrippa, que les sorciers ne vont pas actuellement & de faict au Sabat, mais seulement par imagination.

Le Pere d'Espina Religieux de S. Dominique au liure qu'il a faict de la realité de transport des sorciers au Sabat en escript quelques histoires, & principalement celles de S. Germain, lequel coniura des diables qui estoient à table en vn logis où il logeoit, de luy dire quels ils estoient: ils respondirent, qu'ils estoient des malings esprits, lesquels representoient plusieurs personnes de la ville où ils estoient, lesquelles en mesme temps on trouua endormies en leurs maisons, pour faire croire à ce sainct personnage que le transport des sorciers au Sabat n'estoit qu'imaginaire. Voyez Bodin de ses effets au liure 2. de la Demonomanie, partant

du

du transport de plusieurs sorciers qui pensans estre transportez demeuroient endormis.

C'est vne finesse du malin esprit pour la fin que nous auõs dict, car puis que ceux la vouloyent voir par experiance la realité du transport des sorciers, le diable fut esté mal habille, contre sa coustume & naturel, de transporter le sorcier realement. Car de la s'ensuiuroit que les sorciers seroient punissables realemēt & de faict, ce qu'il ne desire pas, pour ne perdre les soldats de sa diabolique milice, au contraire leur faisant voir que le sorcier dormoit, & par cõsequent que ce transport estoit fainct, il s'ensuiuoit que les sorciers n'estoient pas punissables, qui est vn des plus fermes argumens que Iean Vuier fauteur des sorciers ait mis auant, auquel Bodin a doctement respondu, en l'Apologie qu'il a faicte contre luy, c'est doncques vn stratageme que le diable faict pour tromper les hommes, lequel est neantmoins couuert, & aduoué par beaucoup d'hommes de bon entendement, voyez ce qu'en dict Despina.

Ie m'estonne qu'il y ait des Chrestiens qui veulēt que le diable soit si cauteleux que cela, toutesfois ils sçauent en leur conscience, que tous les iours les renards humains en forgēt selõ leur portée de plus habilles & cousues plus subtilement. Ie ne m'amuse plus à ceste finesse, laquelle n'est pas mal aisée à descouurir, mais ie reuiens à la premiere, laquelle appartient d'auantage à l'estat du Medecin. Car si le diable s'ayde de la mauuaise dispositiõ des humeurs & des maladies des hommes pour faire paroistre qu'ils sont possedez, les humeurs & les maladies sont du gibbier du Medecin,

D

En ceste ruse & stratageme diabolique le pl⁹ fort argnmenteſt tiré de ce que telles perſonnes, au rapport de Leuius Lénius au 2.l. des effets admirables de la nature parlent de diuers langage ſans les auoir appris, ou receuz par la grace du S. Eſprit, dont elles ſont tenues pour poſſedees, mais la verité eſt telle, ſelon le ſuſdit autheur que ceſte diuerſité de langage quelles parlent ne procede que de la deprauatió & violence des humeurs, dôt on tire en conſequéce, que tous ceux qu'ó dit eſtre poſſedez par le diable n'ôt autre cauſe des effects qu'ils produiſét que la deprauation & violence des humeurs, & principalement de la melancholique. Et par conſequent que le diable ne poſſede perſonne. Ruze bié ſecrete à celle fin que le diable ſoit à ſon aiſe dedáſles corps des poſſedés, ſans qu'on tienne compte d'autre ſpece de chaſſement, ſinon que par le moyé des medicaments & des drogues. Auſſi Leuinus dit qu'apres auoir bien purgé ces humeurs melancholiques corrompues, les malades ne parlent plus de diuers langages, il faut voir en quelle façon cela ſe peut faire, aſſauoir ſi ceſte diuerſité de langages & autreseffects extraordinaires procedent de la puiſſance du diable, ou de la corruption & violence des humeurs.

Le ſuſdit Lemnius en diſcourt en ceſte façon, Vne admirable force eſmeut les humeurs, & l'ardeur vehemente pouſſe l'entendement, veu que les malades d'vne fieure ardente parlent d'vn langage eſtranger qu'ils n'ont pas appris, tantoſt clairement, tantoſt obſcurement & confuſement, que ie n'admire pas grandement en ceux qui ſont poſſedez du diable, veu que les diables ſcauent toutes

chofes, mais les humeurs font fi violentes & cru-
elles quandelles font enflammées & corrompues,
que leur fumee qui eft portée au cerueau tire d'i-
celuy par violence vn langage eftranger, ce que
nous voyons auffi en ceux qui font yures. Ie pénfe
que l'opinion de ceft autheur eft, que par la violance des caufes des maladies, cy deffus mentionnees, les chofes qui eftoient profondement enfe-
uelies en l'ame, elles font efclofes hors d'icelle, ce
qu'il deuoit prouuer par la raifon, ou par l'experiance. Ie péfe qu'il a veu des malades tels qu'il dit,
& de peur qu'on ne die que ces effects procedent
des malings efprits, il dict fi fes chofes procedent
des malings efprits, elles ne celleroiét pas apres que
le corps eft purgé par les medicamens & par les re-
medes qui font dormir. Si cela eft vray, ce que nous
n'auons iamais veu.

Il faut chercher, affauoir fi le malin efprit fe
mefle auec les humeurs corrompues, & emflam-
mées, qui caufent les maladies mentionnees. Leuinus le nie, pour ce qu'il le rapporte à la violance
des humeurs, mais fi la violance des humeurs tire
de l'ame quelque chofe, il faut que ce qui eft tiré
de l'ame foit en icelle deuant qu'elle en foit tirée,
car on ne tire pas du fang d'vne pierre. Il s'enfuit
donc que la cognoiffance de la langue que tels
malades parlent, eftoit en l'ame de celuy qui la
parloit fans l'auoir aprife. Quand a Leuinus il le
concede, & fe porte gayement à l'opinion de Platon, ce qu'il declaire quand il efcript. De façon
que le dire de Platon n'eft pas hors de vray-fem-
blable que noftre fçauoir n'eft faure chofe qu'vne
fouuenance de ce que nous auons fceu, contre

D ij

l'opinion d'Aristote & des Chresties, laquelle il deuoit combatre & respondre aux arguments d'Aristote, il tasche neantmoings par des arguments tirez
des choses semblables de prouuer son opinion.

Le premier est, que les odeurs de plusieurs choses ne se communiquent pas à l'air, si elles ne sont
battues & pilees, l'abré roux n'attire pas les pail-
les, si on ne le frotte, & plusieurs autres corps naturels en font de mesme.

Toute ceste preuue suppose quel'odeur que
les corps naturels rend est contenu en iceux en
puissance, qui a besoin d'estre esmeue & tiree
en acte, mais il est faux, que la cognoissance des langues & des sciences soit cachee en nostre ame deuant qu'on les acquiere par l'estude, comme l'o-
deur est cachee en la chose odorante. D'auantage,
les puissances de l'ame, les plus excellentes, excep-
té l'entendement, ne produisent iamais leurs
actions sans l'aide du temperament du corps, de la
s'ensuit que d'autant plus que le temperament de
nostre corps est excellent & parfaict, que les
actions de l'ame sont plus parfaictes. Or est-il que
quand nous sommes sains nostre temperament est
plus excellent que durant que nous sommes malades. Donc'ques l'ame doit produire des actions
plus parfaictes quand le corps se porte bien, que
quand il est malade. Or la cognoissance & exercice des sciences & des langues est des plus excellentes operations de l'ame. Il est donc plus raison-
nable que l'ame monstre plustost les effects de son
sçauoir en santé qu'en la maladie.

Secondement si les sciences & les langues sont
escloses par la force d'vne humeur deprauee &

corrompuë, les mesmes choses doiuent estre plus
raisonnablement escloses par le desir naturel seruent, que quelques vns ont de sçauoir, & de parler
quelque langue, toutesfois personne n'a acquis ny
la science ny aucune langue par la violence du desir, vn semblable engendre son semblable, & non
pas son contraire. Or est-il, que naturellemét nous
auons la capacité d'apprendre & de parler diuer-
sés langues, laquelle est debilitée par les maladies,
comme il est euident par les histoires des malades
qui ont perdu l'entendement, l'imagination & la
memoire par la violence des maladies.

Tiercement, s'il est vray ce qu'Aristote dict au
3.liu. de l'ame, que celuy qui contemple doit necessairement cognoistre les especes des choses grauees en l'imagination. Or est il que les images &
les especes, ou representations des choses, sont
grauees aux esprits corporels, par le moyen desquels elles sont portees & presentees à l'imagination. Les esprits pour seruir a cest office doiuent
estre clairs, de mediocre fermeté, & consistance:
mais ils sont disposez en ceste façon, quand le
corps est bien sain, & aux maladies, & principalement en la melancholie & en la phrenesie les esprits sont troublez & confus, dont l'operation de
l'imagination est confuse aux maladies susdites, de
façon qu'en icelle l'ame ne peut produire aucune
chose, bien ordonnee & rangee en la façon qu'on
void aux sciences & aux langues, d'ou s'ensuit que
les sciences ny les langues ne peuuent naistre de
l'ame par la violence des humeurs corrompuès
comme Leuinus croid: mais si cela arriue, il faut
croire que tels effects sont engendrez par la puis-

D iij

sance du diable, qui estant depraué & corrompu,
il se plaist de se veautrer dedans les humeurs & l'i-
magination corrompuë comme font les porceaux
dedans la boue la plus sale : ce que Leuinus a re-
cognieu au chap. 1. du liu. 2. du liure cité, assauoir
que le malin esprit se mesle auec les tempestes &
les foudres, & faict les tonneres plus esclattás que
leur nature ne porte.   Le diable lunatique duquel
faict mention Sainct Mathieu se plaisoit en l'humeur de l'epileptique qu'il possedoit.

Il aduient doncques qu'apres que les mauuaises
humeurs sont separées du corps & que la disposi-
tion du corps qui est agreable au malin esprit manque, qu'il sorte d'iceluy. Tout cest artifice est dres-
sé pour oster la creance aux hommes de la realité
de la possession d'iceux, & pour faire croire que ce
sont des mauuaises humeurs qui produisent les
effects extraordinaires, qu'on void aux possedez
par le malin esprit, certes ceux desquels Lennius
faict mention ne sont pas vrayement possedez,
mais seulement en apparence, non plus que ceux
qui sont tentez de nuict en l'obscurité par la re-
presentation que le diable leur faict de diuerses
especes en l'imagination, ausquels effects le diable
possede interieurement les esprits qui sont portez
à l'imagination, & pource que le fondement de
l'opinion de Leuinus est assis dessus l'opinion de
Platon, il la faut combattre par des raisons.

Ceste opinion de Platon est escripte au Dialo-
gue de Memnon, la fausseté de laquelle depend de
ce qu'au Timée il a escript que les ames auoyent
esté creées deuant leurs corps par la puissance du
Souuerain Dieu, en aussi grand nombre que les A-

ſtres, & qu'il donna la charge aux Dieux inferieurs
de former les corps commodes pour y receuoir les
ames, leſquelles deſcendant pour ſe ioindre auec
le corps, elles oublient tout ce qu'elles auoyent
ſçeu auparauant, & pourtant pour retourner apprendre ce qu'elles ſçauoyent elles ont de beſoin
d'vn reſſouuenir. Ariſtote a refuté ceſte opinion au
7. cap. du 1. liure de la met. & au liure de la memoire & reſſouuenir. Ceſte opinion de Platon eſt
directement contraire à la foy Chreſtienne laquelle nous enſeigne que l'ame de l'homme eſt infuſe
dedans le corps en la creant: Elle eſt auſſi fauſſe,
à cauſe que le reſſouuenir eſt des choſes particulieres, mais la ſcience appartient aux vniuerſelles,
leſquelles ſont ſeparees de toutes les circonſtances particulieres du temps, du lieu, & des autres qui ſont requiſes au reſſouuenir, comme
Ariſt. l'enſeigne au lieu de la mem. & du reſſouuenir.

D'auantage, nous nous pouuons reſſouuenir de
quelque choſe particuliere ſans aucune operation
des ſentiments faicts de nouueau, comme ſi quelque temps apres auoir acquis la ſcience des couleurs on deuient aueugle, ſi l'on oublie ceſte ſcience, on la peut recouurer par le ſeul reſſouuenir, en
repetant les circonſtances particulieres, par le
moyen deſquelles on auoit acquis la ſcience des
couleurs: mais la ſcience ne ſe peut iamais acque-
rir ſans l'operation antecedéte des ſentimens: doncques noſtre ſçauoir n'eſt pas vn reſſouuenir, mais
vn acquiſition nouuelle de ce que nous n'auons iamais ſceu par le miniſtere des ſentimens. Ie laiſſe
a debattre le reſte à ceux qui ont eſcript ſur les li-

ures d'Arist.de la demonstratiō, il me suffit d'auoir
demonstré la fausseté de ceste opinion , & d'auoir
descouuerte la cautelle que le Diable a inuentee
pour cacher la realité de la possession qu'il a sur les
corps des hommes.

TROISIESME DISCOVRS, ASCA-
uoir si Magdaleine de la Palud de la Compagnie
des filles de saincte Vrsulle est possedee, par les preuues qu'on peust tirer de la faculté de Medecine.

IE ne dois preuuer la partie affirmatiue de la question proposée, que par les argumens & raisons
lesquelles peuuent estre tirez de la profession que
i'exerce, laissant le reste aux Docteurs des autres fa-
cultez, & au recit de ceux qui ont ouy dire & refe-
rer a ladite Magdaleine des choses qui surpassent
l'entendement & la capacité d'icelle. Ie viens doncques à la preuue de ce qui est proposé.

Le premier argument est tiré du mouuement
extraordinaire que les Medecins Chirurgiens ont
treuué tantost en toute la teste, autrefois en la moi-
tié d'icelles, lesquels ne peuuent estre naturels n'y
despendans d'aucune cause contre nature ordinaire, car ce mouuement n'est pas vn fremissement de
corps ordinaire, lequel suit les piqueures qu'vne
humeur acre & poignante esmeut contre les parties sensibles d'iceluy, comme on voit au commencement des inflammations & au commencement des fieures tierces , car elle n'a senty durant le temps qu'on a apperceu vn tel mouuement
aucune inflammation, ny fieure, ny autre maladie
qui les puisse esmouuoir. D'auantage les rigueurs
&

& tranblemens sont vniuersels pour la pluspart,
& ne sont iamais bornez ny limitez à certaine chose sensible qu'on puisse remarquer exterieurement,
or est il que ce tramblement de teste à tousiours
commencé quand elle à dict que l'esprit malin est
entré en son corps, & finit quád elle à faict vn hocquet extraordinaire qu'elle dit estre le sine de la sor-
tie du mesme esprit. Qui a iamais veu fremissement
tremblemét de tout le corps, ou d'vne partie estre
borné & termé d'aucũ signe sésible, ny marqué volontaire. On dira parauenture que cest vne palpita-
tió du cuir, de la teste, & des muscles, qui sont es parties dessus icelle, laquelle finist par les hocquets : le
hocquet est vn simptosme du ventricule & non pas
des parties qui sont dessus la teste, & s'il ny peut a-
uoir aucune cómunication pour ce respect des vnes
aux autres, ioint que la vapeur qui esmeut le hocquet, sortiroit plustost par les parties superieures de
la teste, comme legere, que par la bouche : n'estant
doncques le mouuement des parties superieures de
la teste, ny naturel, ny volótaire ny dependant d'aucune cause, du tremblement, du fremissement ny
de la palpitation ordinaire. Il faut conclurre, que ce
mouuement est extraordinaire, dependant d'vne
cause extraordinaire.

Lafeconde raison peut estre tiree des gesnes &
tortures que la mesme endure, principalemét aux
bras & aux iambes, ce sont des mouuements qui
semblent estre des conuulsions, car ils sont violéts
& contre la volonté d'icelle, qui les endure, puis
qu'ils sont douloureux, & personne n'endure les
douleurs volontairement (hors du martire) on ap-
perçoit les douleurs qu'elle endure par les cris &

plaintes qu'elle faict durant les tourments, lesquels
on pourroit iuger feincts & simulez, si on ne preu-
uoit que les mouuemés qu'elle endure sont violés:
car que cela soit, on le iuge par la situatió & posture
qu'on void aux parties de son corps, durát les tourméts ausquels elles sont torses, & tirees plus que le
naturel des parties ne porte. Tous les membres ont
vne naturelle situatió en leurs mouueméts, hors de
laquelle ils endurent de la douleur par vne exten-
sion violente, ce qui arriue aux questions, & tortures que l'on donne aux delats & accusez. Si ie de-
signe la quantité de la distésion des membres, on ne
me doit pas croire, puis que ie pretends de preuuer
que ces mouueméts sont extraordinaires: mais i'en
laisse la verification & rapport à vn grand nombre
d'hommes de bien qui les ont veus, lesquels estant
esmeus de compassió se sont mis a genoux hors du
temps qu'elle assistoit à la Saincte Messe, pour prier
Dieu qu'il luy pleust de soulager les tourments
qu'elle enduroit du temps des gesnes, les os crac-
queroyent ententiblement, les doigts des mains
estoyent serrez si fermement, qu'il n'y auoit homme pour fort qu'il fust qui les peust ouurir, le mouuement des bras en auant & en arriere estoyent si
vistes, qu'ils esblouïssoyent la veuë de ceux qui les
regardoyent, les iambes enduroyent leur part du
mesme tourment, & iceux arriuoyét plusieurs fois
en vn iour, on dira que ces tourments sont des
conuulsions, & pourtát prennét leur origine d'vne
cause ordinaire, nous le nions, car la conuulsió con-
tinue tousiours au membre qu'elle à vne fois commencé d'affliger iusques à la disputation de la cause qui l'a esmeuë sans cháger de situation. Or est-il

que les tourméts que Magdaleine endure côsisté
en des mouueméts, qui succedét les vns aux autres,
côme on void iournellemét sans pouuoir estre rap-
portez à aucune espece d'epilepsie, a cause qu'elle à
tousiours les sentiméts & les puissances principales
logees au cerueaudroictes & en leur bô estat: car elle parle bié durant ce temps là, prie les assistás de la
tenir, de couurir ses iabes, & fait plusieurs autres a-
ctiôs semblables. Nous côclurrôs dôcques que ces
mouuements sont tortures & gesnes causees & de-
pendentes d'vne cause extraordinaire.

Le troisiesme argumét est, que le 24. Auril iour
de Sainct Marc, apres que le Pere Exorciste eust
commandé au diable de se mettre dessus la langue,
ie presuppose qu'il obeit au commandement dudit Pere : mais pour nuire à ladite Magdaleine, le
diable luy retira tellement en arriere sa langue
qu'elle ne pouuoit parler, ce qu'ô diroit auoir esté
feint, mais faut iuger de la verité de cest euenemét
par la situation de la langue, laquelle i'ay veüe
auecques plusieurs autres, elle estoit courbee &
retiree en arriere, & vers le haut du ciel de la bouche, contre l'aluette, tant que la poincte d'icelle
estoit distante des dents d'enuiron de trois doigts
de trauers. Or est-il que ce mouuement ne peut
estre volontaire ny conuulsif: car puis que la langue à deux muscles qui la tirent en arriere, lesquels
naissent de la baze de los yoide, si est-ce que se re-
tirant en arriere ne sert que pour parler & pronon-
cer quelques mots qui ont besoin de ce mouuement lequel est fort petit, & ne surpasse iamais la
quantité d'vn demi doigt, comme vn chacun peut
experimenter en soy mesmes. Dauantage les reti-

rements volontaires de la langue sont ordinairement accompagnez d'vn tremblement, mais la
langue estant retiree extraordinairement en arriere
ne tremble point. En ce retirement ne dependoit
d'aucune replexion ny secheresse d'icelle, comme
il estoit aisé à iuger à ceux qui la voyent, & qui la
virent encores apres que la langue fut remise en
son premier estat, le retour duquel se fist en vn
instant, sans que bonnement elle s'en recogneust.
Dont nous concluons que ce retirement de langue
extraordinaire procede d'vne cause extraordinaire.

La quatriesme raison consiste ez pollutions
qu'elle endure, lesquelles sont apperceues de ceux
qui sont aupres d'elle, & sont esmeues auecques
vn mouuement de tout le corps sale & vilain. Ie
n'en parleray pas dauantage pour la saleté du faict:
si elle les endure sans vn grand mescontentement
& desplaisir en son ame. Il faudroit dire qu'elle seroit plus qu'es-hontee & hipocrite extrememement.
ce qui ne peut estre veu sa deuotion, patience &
l'effaceure des marques qui luy est arriuee, laquelle est preuuee par le rapport des Chirurgiens &
Medecins, & ne faut rapporter cest effect à Lincu-
be qui ordinairement est hors du corps de celle
qui l'endure, mais au pouuoir d'Asmodee diable
de la luxure qui la possedoit auec plusieurs autres:
& de faict depuis que par la force du Sainct Exor-
cisme Asmodee est sorty, elle n'est plus tourmen-
tee de ces vilains mouuemens. D'ou s'ensuit que
tous ces effects dependent d'vne cause extraordinaire, lequel consideré l'estat auquel elle a esté,
ne peuuent proceder que du malin esprit qui la
possede.

Nous pourrions mettre en auant les accidents qui suruindrent à la mesme personne quelques iours deuant la Pentecoste, à sçauoir vne priuation de sentiment par tout le corps, le renuersement des yeux, & plusieurs autres qui dependent d'vne cause extraotdinaire, mais dequoy sert d'escrire toutes ces choses à ceux qui ont la creance que Magdaleine de la Palud est possedee, ny a ceux qui ne le croyent pas opiniastrement, lesquels s'ils ne changent d'opinion par les arguments cy dessus desduicts, qui sont tirez des choses extremement sensibles, en quelle façon adiousteront-ils foy a celles qui ne le sont pas, l'opiniastreté ne sera iamais vaincuë par la multiplicité de paroles ny de preuues.

FIN.

E üj

APPROBATION.

JE soubs-signé Docteur & Professeur du Roy en Theologie en l'Vniuersité d'Aix, & Chanoine Theologal en l'Eglise Metropolitaine S. Sauueur, Certifie auoir leu *les trois discours des marques diaboliques, & c. de Monsieur I. Fontaine Docteur & premier Professeur du Roy en la faculté de Medecine en la mesme Vniuersité*, ausquels ie n'ay rien trouué qui puisse empescher qu'ils ne soyent mis en lumiere, en tesmoignage dequoy me suis signé.

MELCHIOR RAPHAELIS.

www.ingramcontent.com/pod-product-compliance
Lightning Source LLC
Chambersburg PA
CBHW060850180626
46818CB00004B/1641